シカルの井戸

伊藤冬留

シカルの井戸＊目次

I

II

装画　水野泰子

I

流星

私の　書いた本は
私の　小さな遺産
肉体は　滅びるが
思いは　言葉となって
地上に　残る

勿論　長く輝きを
放つもの
とは　思わないけれども
それでも　肉親や友人には
私の　記憶を呼び起こす

媒介として　暫くは
有効な　存在

その上で
やがては　忘れられる
しかし
それはそれで　いい
流れ星の　ようで

風が

深夜の暗闇を
風が　通り過ぎる
あれは　就寝前の祈りの
応答かもしれぬ

祈りが終わっても
風は
まだ　鳴りやまぬ

川蟹

川蟹は　思う

私は一体　何をしているのだろう
昨日　自転車の人間の一行が
通り過ぎるとき　川岸で一服して
そのとき　見かけた私を摘まみ上げ
高く　陽にかざしたので
思い切り　鋏で挟んでやったら
リーダーらしいその男が
悲鳴をあげていた

放り出された　私は
また　水の底に沈み
川底の砂や　石ころの陰を歩く
私の住む世界は
地上のそれに較べて　高が
知れているが
しかし　この川で一緒に暮らす
魚たちの話だと
川をずっと　下って行けば
もっと大きな川に　ぶつかり
その大きな川を　更に下れば
今度は　海と言う
途方もなく広く大きな　水の世界に
ぶつかる
そこにも　蟹の仲間がいて

その蟹は　足が長く
甲羅も大きくて
時には　魚を捕まえて食べて
いるらしい

そんな　遠くて大きな世界に
興味はあるが
でも　行ってみたいとは思わない
というのも　己は体が小さいし
そんなに遠くまで行く　体力はないし
第一　途中の旅はとても危険だ
私は　この小さな川の
この世界で　十分満足しているから
冬は　水が冷たくなって
穴に潜っている　しかないが

春になれば　目高や泥鰌も出てきて
賑やかになるし
夏は　蛍が飛ぶし
秋は　水が澄んで
水に　青い空や紅葉が映って
とても　きれいだ

しかし　そうはいっても
最近　沿岸に人家が増えて
心なしか　以前に比べて
川の水が汚れてきたような
気がするが　それでも
食べるものには　不自由していない
私が　死ぬまでは
この環境は　何とか保全される

のではないかと　思っているのだ

とまれ　蟹の一生は短い
陸地に住む人間よりも　遥かに
それでも　与えられた命を
大切に　生きるつもり
創造主から与えられた　命は
地上を跋扈《ばっこ》する　人間も
動物や　鳥や虫たちも
そして　この川蟹も同じ

絶滅危惧種

力を誇示している　うちは
人も国家も　未だ未熟
いまの　世界で
武力は無益　とは言わないが
その競争に　終わりはない
抜きつ抜かれつを　しつつ
最後は　総倒れになる

大国が　世界に君臨しているが
一度　戦争になれば
二十一世紀

もはや　勝者は存在せず
この地球は　確実な焼け野原
人間が　生き残っても
そのとき　すでに絶滅危惧種

薔薇組

新制中学発足後　間もなくの
戦後　四年目
旧青年学校の　古校舎を
利用して　授業をしていた頃
ぼくの発案　で
ローズ＝グループ
即ち　「薔薇組」という
同級生の　勉強仲間を作ったのだ
男子が　ぼくと高橋俊朗《としろう》
高橋利之
女子が　田村智恵《ちえ》　佐藤輝子

顧問は　まだ独身で
校舎に隣接の　官舎に住んでいた
川村喬《たかし》先生

週に一、二回
放課後になると　先生の留守宅に
集まって　宿題をしたり
休日は　先生が飼っていた緬羊を
寝そべらせて　交代で
その毛を　刈り込んだりした

俊朗は
中学教頭チャーピンの　一人息子
チャーピンは　背が高く
額から　剝げ上がっていたが

頭のてっぺんには　黒髪を湛え
明るい　性格で
生徒には　人気があった
その一人息子の　細身の俊朗は
色白の　秀才タイプで
少し　甲高い声の持ち主
上五は　忘れたが
「──波打つ音ぞ屈斜路湖」などと
既に　秀句を詠んでいた
しかし　秀才によくある如く
中学生の儘　早世した

利之は　タフガイのタイプ
通称《鉄道官舎》に住んでいて
小学生時代は

二つあったグループの　一方の
餓鬼大将
だのに　繊細なところがあって
高校を卒業してから　四十年後に
同窓会で　再会した時
大浴場で　湯に浸かりながら
お互い　俳句に親しんでいることが
分かった
親同様に国鉄（ＪＲ）で　長い間
蒸気機関車の　機関手を務め
定年後の住まいは　函館
後年　私が函館を旅したとき
地元新聞社の
カメラマンの夫人も　同行して
啄木ゆかりの函館山　を始め

市内を　彼に案内してもらった
その彼も　既に他界
夫人は　今どうしておられるか

田村智恵
名前の通り　思慮深い人
グループの　ことで
何かと　気を配っていたが
高校卒業後　私が大学受験に失敗して
浪人しているとき　既に
地方で　準教員をしていた田村は
私の有り様《よう》を　心配して
準教員の口を　探してくれた
が　その直前に
高校の恩師が　別の教員の口を

見つけて　くれていたので
その好意を　無駄にしてしまった
のであった
その彼女も　早世した

佐藤輝子は
結婚して　佐々木と姓が変わり
その後　郷里の町長夫人になった
同窓会で　度々遇ったが
人柄は全く変わらず　穏やかで
他人に　優しかった
最後に遇ったのは　四、五年前
久しぶりの　同窓会の翌日
友人と　三人で
懐かしい　中学校校舎跡地を歩き

序に　近くの輝子の家を訪ねた
生憎なこと　ご主人が病に伏せていて
玄関口で　挨拶をしただけで別れた
そして　それが輝子との最後になった

薔薇組は　みんな死んでしまい
いま　生き残っているのは
私　だけ

老いの暮らし

小さいながら　家がある
小高い丘の上の
その家で
老いた妻と　二人で
静かに暮らす

三十数年前に　建てた
木造の家は
まだ　しっかりしていて
少々の嵐や
地震には　耐えられる

衣服は
改まったとき用の一着
以外は　室内と外出用兼用の
シンプルなもの
朝の食は　パンに
少々の蛋白質と　野菜
飲むものは
一杯のコーヒーか　紅茶
昼は　大体残り物
それでも　夜は
飯を炊いて
汁物も　作って
妻得意の　菜が付く

これで　私達は大満足
質素だが　贅沢
美味しく　食べて
健康であるが　故に

おお　腹が減ってきた
しかし　昼までには
まだ　一時間
もう少し　我慢するか

来る時代

間もなく
五歳になる　冬嶺《とうれい》よ
君らが成人する　十二、三年後の
この国は　今とは
きっと　違った国になっている
に　違いないと　ぢいぢは
年寄りの勘で　感じ取っている
現行の日本国憲法は　改正されて
徴兵制度が　復活しているのではないかと
ぢいぢが　少年だった頃の
徴兵即二等兵の誕生　のようには

ならぬかも　知れないが
一定期間　兵役に服する義務とか
召集されて　戦線に
向かわねばならなくなる　とか
今の世界の　不穏な動きと
少しずつ　だけれども
それに呼応する　ような
この国の動きを　見ていれば——

冬の旅

厳寒の夕陽の中を
ディートリヒ・フィッシャー＝ディースカウ
のバリトンを　聴きながら
郷愁に　浸る

シューベルトの「冬の旅」の
ソロを　目指したのは
高校二年の　十七歳――
音楽教師に指名されて　地元の放送局で
独唱する　筈だった
しかし　それは実現しなかった

結果的に　私が期待に
応えられなかった　からだ
あれから　既に七〇年以上も過ぎた
いまは　声も掠れてしまい
それなりのバリトン　だったなんて
我ながら　ちょっと信じられない

私が　持ち歩く
メモ帳の　タイトルも
w i n t e r　r e i s e （冬の旅）
もう　既に五二〇冊を超えた
一と月一冊　と勘定して
数字の上では　四十二年間も使い続けた
と　いうことだ
そのような　私自身の
冬の旅

みえこ

一

美枝子
正しくは　美枝だが
家中みんなが　そう呼んだ
六歳違いの　私の姉
国民学校二年生　のときの
高等科　二年生
教室の掃除当番が　終わると
週番の姉が　腕章をして
同級生二人と　見回りに来た
小さな私たち下級生は　整列して

掃除が終わったと　報告した
姉は　鷹揚に頷き
にこにこして　小さな弟の報告を
受けた　ものだ

それより　以前
私が　四つか五つぐらいの頃
その姉に　手を曳かれて
番外地　と言われた郊外の野原に
鈴蘭狩りに行った　記憶

あるいはまた　零下十五度の冬の夜
カチカチに　凍り付いた
ガード付近の道を　小さな弟と共に
姉に手を曳かれ　歩いていると

突然　暗い上空を
人魂のような　火の塊が
尾を曳いて　通り過ぎて行き
悲鳴を上げた　姉が
私達の手を　曳いて
一目散に　家まで逃げ帰った

そんな姉を
弟らは　姉ちゃんとは呼ばず
美枝子　と呼び捨てにしていた
姉のすぐ上には　四つ違いの兄がいて
二人は　よく兄妹げんかをしていた
でも姉は高等小学校から　公立高女の
三年に編入し　女学生になった

その姉の　下校して
部屋に　放り出していた
通学用の　鞄から
国語の教科書が　飛び出ていて
何気なく開くと
北原白秋の　詩が載っていた

落葉松の　林を過ぎて
落葉松を　しみじみと見き
落葉松は　淋しかりけり
旅行くは　淋しかりけり

白秋という名の詩人　を
小学四年生　が
始めて知った　瞬間

その姉が　いつの間にか
家から　いなくなり
その次の　姉の記憶は
喪服の母が　白い骨箱を抱いて
ひとり　駅舎から出てきた姿——
母は　泣いていた
療養先で　姉は病死したのだ
肺結核　だった
享年　十六

二

美栄子
私と十六歳違いの　兄嫁
終戦の秋　復員してきた長兄は

隣町の　大企業の社員の娘と結婚した
一つ年上の　姉さん女房
嫁いできた義姉は
子供の目にも　綺麗な人で
既に　姉を失っていた十一歳の私に　優しかった
義姉が　初めて里帰りしたとき
淋しくて　悲しくて泣きそうになった

兄が　仕事に失敗して
郷里を離れ　札幌に転居してから
二人は　三人の子を抱えながら
新しく廃品業を始め　それで成功した
兄と義姉は　夫婦力を合わせ
リヤカーを曳いて
札幌の街を　歩き回ったのだ

後には　兄は
業界組合の　理事長にまでなった

兄が死んだ後の　晩年の義姉は
腰が　曲がり
家の外に　出るときは
壁に捉まらなければ　ならなかった
それでも　顔も声も生き生きしていて
方言丸出しで　私を少年時代と同じ
ちゃん呼び　してくれた
その義姉も　老いて死んだ
（義姉の長女の　K子も
死んだ頃の義姉と　同じくらいの歳になり
私より十五も年下なのに　伯父の私を
ちゃん呼び　している）

それでも　義姉の声は覚えている
―あのね　武ちゃん
という　あの声

三

美絵子
私の　相棒
良き　妻
知り合ったのは　私が三十四歳
彼女が二十六歳の　春三月
遇ったところは伊豆・天城山荘
二人とも　キリスト教主義学校の教員で
二泊三日の　全国高校ＹＷＣＡ
（キリスト教女子青年会）活動の

全国顧問者会議に　出席していて
会議解散後　親しくなった者同士で
半島南端の下田まで　日帰り旅行をした
その帰路　気分が悪くなった彼女は
朝の最初の出発地まで　戻ってくると
私だったか　他の誰だったかが
立て替えて払った　乗り物代を払わずに
大急ぎで　宿舎に戻ってしまった
私らは最寄りの駅まで移動し　解散した

数日後　私の所に一通の手紙が来た
差出人は　何と彼女
開けてみると　下田から帰ったとき
交通費を払わずに　宿舎に戻ってしまった
気分が悪かったとはいえ　申し訳ない

いかようにすべきか　との内容
そこで　全て処理済み故
気遣い無用と　返事をした
すると　再び手紙が来て
お詫びとお礼　といい
彼女の住む　熊本は肥後の
象嵌の　タイピン
が　同封してあった

同じ年の　八月
今度は　私の勤務する学校が
全国キリスト教主義高校の
ＹＷＣＡカンファレンスの　当番校で
その会場は　長野県八ケ岳山麓の
学園所属の山荘で

全国の　キリスト教主義女子高校の
ＹＷＣＡの顧問と生徒らが　参加した
その中に　彼女とその生徒らがいた
再会であった

驟雨

驟雨のなか
着物の裾を　端折った
襷掛けの女が
裸足で　走る荷車を
追いかけている

こんこん　と
咳を　しながら
布団の中で　それを
見ている　私

来世

暗闇の中で　独り呟いた

いまの　この組み合わせを
貴方の御国でも　再現させてください
お互い　不完全な者ですが
御国では　今以上に貴方の御力を
頂きますので　全くと言っていい程
心配　していません
それに亡き父母　兄や姉たち
美絵子の　ご両親
さらに　繋がっていた先達や

親しき友らと　再び相見えることが
できるのですから

何と言っても　そこには
全ての　過去が用意されていて
少女時代の　美絵子や
赤ん坊のときの　それにも
会えるかも　知れないのだから

風

——日本の音は　風
と　某シャンソン歌手が
言った　とか
そのとおり　だ
だが　思うだけで
風の音に　聴き入ることは
あまりない
否　滅多に風に出会わない

多分　それは
風の吹く　ところに

出かけて行かない　から
田圃とか　畑だとか
川原や野原や丘　などに
行かないから

年を取ってから　は
特に　そうだ
山にも　海にも
遠くの　場所にも
近くにも
そして　夢の中にも
行かない　私

時計

私ですか？
見ての通りの　安物ですよ
私の主人が　店頭をしばらく行ったり来たりして
それで　これがいいと買ってくれました
白の文字盤で　数字はローマ文字
ベルトも含めて　ステンレススチール製
それでも　今どきのメーカー品ですから
時刻に　狂いは先ずありません
主人の長い間の癖なんでしょうね　四六時中
つまり家にいるときでも　私を腕にはめています
外すのは就寝するときくらいで　机の上に

愛用の眼鏡と一緒に　きちんと並べて置きます

主人の家に来て　思ったことですが
この家は　時計がやたら多いんですよ
数えただけでも　電池で動く壁時計が主人の部屋
奥様の部屋　洗濯場と脱衣所を兼ねた家事室
それに台所兼居間に　一つずつ
その他目覚まし時計は　主人の部屋の
机　本棚　ベッドの枕元などのそれぞれに
加えて　止まってはいるけれど
折り畳み式額縁の置時計も　本棚にあるくらい
更にさらに　押し入れには
主人の子供の時代に　親御さんが
使っていたらしい　柱時計が
蔵ってあるのですが　どうやら奥様が

カチカチ　ボーンボーンの音が嫌いらしく
使いたくても　我慢しているようです

かくの如く　何ゆえこの家に時計が多いのか
各部屋に時計があるのは　普通としても
主人の部屋に　置時計が幾つもあるのは不思議です
壁の時計一つと腕時計で　用は足りると思うのに
それでも時計が　こんなに多くあるのは
時を友としている　或いは
時は　あとどれだけ残っているか
を　無意識に考えているのではないでしょうか

とまれ　主人の部屋は賑やかなことです
加えて三歳のお孫さんが　これはまた時計が好きで
時々主人の部屋に現れては　目覚まし時計をかき集め

床上に並べて　しばらくしてそのまま放り出して戻っていく
ええ　主人はいつも笑ってその後片付けをしていますよ
主人の亡き父上も　無類の時計好きだったと言いますから
これはもう　血統ですね

ちょっと余計な　無駄話をしてしまいました
では　お休みなさい
いい夢　を

さくら　さくら

大失敗

大東亜戦争開始の年の　四月
国民学校に入学して
一と月程して　担任の
中村キミノ先生に　連れられて
学校の裏手の　通称「神社の山」に
花見に出かけた
先生は　桜の花びらに
針で糸を通して　首飾りを作り
みんなに　見せてくれた

そんなとき　先生の傍にいて
桜の花びらを　指でつまんでいた私は
どういう訳か　先生に向かって
「かあちゃん」と　言ってしまい
皆に　ワッと笑われてしまった
という　ほろ苦い記憶

神社の山

三年生の時の記憶は　殆どない
担任が　痩せて頬の痩けた
「沼」の字が付く　名前の
眼鏡の　男の先生だった
と　言うことくらい

あ　一つあった
唱歌「春の小川」は
この先生の弾く　オルガンで
習った　のだっけ

四年生の担任は　男のS先生
あだ名は　家業その儘の「餅屋」
授業の時は
いつも　長い竹の棒を持ち
わき見をしたり　私語をすると
その長い棒の　太い方で
ゴツン　とやられた
教科書など　忘れ物をすると
すぐさま　家まで

取りに　遣らされたし
時には　学校の裏山
通称「神社の山」の
四国八十八か所の
地蔵が点在する　山道を
一周させられた

その餅屋が　召集されて
或る日　肩章付きの
金ぴかの軍服に　佩刀して
学校に　現れたとき
その　見事な変身ぶりに
生徒一同　驚嘆した
餅屋は　在郷軍人
しかも　士官だったのだ

餅屋の　後任は
二十三、四の男の先生で
吹雪の日　雪原のグランドに
生徒を　裸足で立たせて
―北風の馬鹿野郎！　などと
勇ましく　叫ばせた
が　とても気短かな人で
怒ると　すぐに生徒を殴った
或るときは　授業中
生徒を　教壇の上に呼びつけて
力いっぱい　ビンタを張ったから
四年生の小さな体は　吹っ飛び
教壇の下に　転げ落ちた
酷い時代　だった

国破れて

五年生になると　町の郊外の
亜麻工場に　勤労奉仕に出かけた
亜麻が何に使われるのか　子供には
分からなかったが　繊維になる
ということは　後で分かった

この亜麻工場の排水は
夏になると
子供たちが泳ぐ街の川に　流れ込んで
水を　茶色にするだけでなく
食べ物が　腐り始めたときと同様の

あの　酸っぱい匂いを発散させた

折からの　戦争の
敵の　空襲に備えて
高等科の生徒が　近くの雑木山で
適当な太さの　木を
枝を付けたまま　切り出し
それらを六年生が　工場まで引きずり
五年生が　それを工場の屋根に
運び上げた
それは　敵機に対する
カモフラージュ
今思えば　それらは空襲には
何の役にも立たなかった　と思うが
そのときは　大人も少国民も

大真面目だった

しかし　日本は戦争に敗れた
八月十五日
太陽のカンカン照る　真夏の運動場で
不思議な声の　玉音放送を聴き
やがて　一同教室に戻って
担任の若い男の先生に
敗戦を　告げられ
先生と一緒に　大声を上げて泣いた

太平洋

六年生の記憶は

戦後復活した　修学旅行――
そして　そのとき
生まれて初めて見た　海
日高山脈山麓の　郷里の町から
四十キロも離れた　帯広まで
汽車に乗り　そこで乗り換えて
更に五十キロ先の　襟裳岬に程近い
広尾まで　移動した

宿舎代りの小学校で　荷を解き
それから　町中に出て
小高い坂の上から　それを見たとき
左右に渺渺と広がる　大森林地帯
と思った
だが　それが海だったのだ

何処までも真っ直ぐな　水平線が
頭上に広く長く　高く見えた

それから　たぶん恐る恐る
渚に降りて行った　と思うが
その時のことは
詳しく　覚えていない

男女共学

六年生の時
憧れの中学の受験勉強　をしていたが
途中で　地元にも中学が出来て
それも全員入学だ　と知って

何だか　がっかりしたのを
覚えている
しかし　それでも
新制中学校は　新鮮だった
第一に　男女共学だった
第二に　郡部の小学校からも
大勢の新入生が　入学した
彼らは　十キロ以上の道のりを
歩いて　通学していたし
また　山岳地帯の隣の駅から
汽車通学する者達　もいた

男女共学は
それ迄四年間　別学だったので
お互い　興味津々

はじめ　ぎこちなかったけれど
すぐに　仲良く
ごく自然な　状態になった

中一の担任は
男の　優しい榾山先生だった
先生は　夏休みの旅行に
クラスの生徒を　大雪山国立公園の
糠平《ぬかびら》温泉に
連れて行って　くれた
その時が　私には
生まれてはじめての温泉で
しかも　床で滑って転んだので
強く　記憶にある

節穴の教室

戦後　できたばかりの
新制中学校に　校舎は無く
小学校の　屋内体操場の
前頭部　後頭部を区切り
新しく　四つの教室を作り
授業した
天井はなく　教室の仕切りは
節穴が一杯ある　薄い板で
悪童らが　外から節穴に芥を突っ込み
授業の声は　隣の教室に筒抜け
という　ひどい物

そんな　或る日の数学の時間
確か連立方程式だった　と思うが
記号のXやYが　初めて出てきて
その記号が示す　概念を
理解できず　呆然としていると
旧帝国大の出身で　学級担任
でもある　数学教師に
—お前は　分会長（昔の級長）のくせに
　こんなことも　わからないのか
と　罵倒され　それから
数学が　すっかり嫌いになった
国民学校二年生　のときは
中村キミノ先生に　算数の授業で
独特の　計算の方法を
思いついて　答えを出して

すごく褒められた　私だったのに

また或る日
クラスの男子の一人が　掃除当番中に
女子生徒をいじめた
と　直ぐさまその担任が飛んできて
居合わせた　男子生徒全員を一列に並べ
連帯責任だと　有無を言わせず
端から　往復ビンタを張り始めた
戦後三年程　しか経っていなかったから
教師は　平気で平手打ちを食わせ
生徒らは黙って　されるままでいたが
そのとき　いちばん体の小さかった
S君が　自分の通学鞄を抱え
憤然として　教室を出て行った

他は　全員打たれっぱなしだったのに

新校舎落成

中三になって　新校舎が完成した
それを祝う学芸会が　町の芝居小屋
（と　当時称した）で為された
音楽の先生　が演出して
真船豊作『太陽の子』を上演した
筋書きは　忘れたが
私は　医者の役だった
白衣を着て　中折帽子を被り
鞄を提げた　ちょび髭の格好は
父親そっくりと　後で

周囲の大人たちから　言われた

また中三では　文芸部を立ち上げ
部長　になって
全学年から　作品を募集して
文集を作った
印刷は　当時ガリ版で
ガリ切は　先生方が協力
してくださった
表紙も　先生方の協力で
赤　黄　黒の三色刷りのもの
文集の厚さは　1センチ余
誌名は　生意気に
《暮煙》　にしようと思ったが
中学生らしくない　といわれ

先生方が　《雪の子等》
と　命名した

わっぱ先生

福田和八《わはち》先生
通称　わっぱ先生

我らが　高二の時
ご夫婦で　東京から
北海道の田舎の高校に　着任した
わっぱ先生は　英語
夫人は　体育を担当した
わっぱ先生の　授業はユニークで
授業中　得意のマンドリンを持ち込み
ヘンデルの《メサイア》の

ハレルヤ・コーラスを　奏で
聴かせたり　した

三年になって
進学組（今日考えると
このようなクラス編成は
差別的で　問題？）
ができ　わっぱ先生が担任になった
進学組の　我らは
妙なエリート意識を　持ち
学内でも　特別視され
少し　いい気になっていた

或る時　数学の先生と我らが
授業中に　何かの事で衝突した

先生は怒って　教室を引き上げた
すると　職員室から
わっぱ先生が　飛んできて
授業中　数学の先生を怒らせたことで
我々を　かなり厳しく叱責した

それが　妙に我々にカチンときた
何となく　いつものわっぱ先生と
違って　いたから
今考えれば　先生がそう怒るのは
当たり前　なのに
我々は　何かいつもの先生に
見捨てられたような　気持になり
そのことが　きっかけで
我々は　わっぱ先生に

反抗するようになった
今までの　先生に対する甘えと
好意への裏返し　というべきか

それからというもの
進学の　エリート組は
意識的に　勉強しなくなり
朝早く登校しても　体育館で
バスケットボールなどに　興じて
無駄な時間を　潰し
汽車通学をする　我々の一部は
下車駅の改札口を　わざと通らず
無賃乗車の如く　プラットホームから
線路を　横切り
防風林を　通り抜け

直接　高校校舎に向かって
駅員に　追いかけられ
当事者全員　職員室に呼ばれて
大目玉を　食らった

そういう訳で
学校一の　エリート組は
どんどん　劣化して
受験シーズンを　迎えたときは
絵に描いたような　落第組に
なっていった
斯くして　私も浪人組に
名を連ねることに　なったのだ

だが　田舎町には

予備校　などと言うものは
無く　仮にあっても
そんな所に通う　経済的余裕が
有ろう筈も　なかった
従って　先ずは働かねばならず
仮免許状の臨時教員　になり
地方の小さな小学校に　赴任した
後で知ったが　その折に
和八先生が　その労を
取ってくださろうと　したのだ
（そのとき　既に赴任先は
決まって　いたのだが）

振り返れば
卒業式後の謝恩会を　思い出す

和八先生が　突然立ち上がり
自分が　至らなかったばかりに
クラスと　仲違いして
諸君に　不愉快な思いをさせた
本当に済まなかった　と
涙ながらに　言われたとき
私は　心の底から
先生に対し　己の行為を恥じた
我々は　あのとき
群集心理で　付和雷同し
先生を　追い詰めてしまった
のだから

一浪の後　私が何とか
大学に入ってから　間もなく

先生は　突然の病気で亡くなられた
高校を　卒業して
先生に対し　お礼も
お詫びも　言わないうちに――
いま　改めて
本当に申し訳のない　愚かな
生徒だった　と
悔いて　いる
心底

もう一人の兄

大好きだった次兄の　その上に
子供の頃　写真でしか見たことのない
もう一人の兄　が居た
満洲在住の　陸軍の軍服姿の
私よりも十五歳も年上の　長兄

戦後　この兄が復員してきて間もなく
六年生だった　私は
その頃まだ　他所の人としか
思えない　この兄に
古参兵に殴られる　新兵のように

些細なことで　思い切り殴られた
兄　とはいうけれども
恐ろしい　他人のような人だった

それでも　やがて母の仕事だった
精肉業を継ぎ　途中で仕事を
小奇麗な化粧品店に　替えて
店先に　当時の田舎町では珍しい
大型電蓄を置いて　歌謡曲や軽音楽
時には　十二インチ盤の
クラシック音楽を　流していた
尋常小学校を出て　直ぐに
札幌に丁稚奉公に行き　その後
召集された兄が　どこで
音楽の素養を　身に付けたかは

全く　わからなかったが
その頃から私は　様々な音楽を
兄の店先で聴いて　過ごした
そのお蔭で　私は音楽の耳が肥えた
そして　歌うことも好きになった

その兄は　間もなく隣町の
一つ年上の女性と　結婚した
まだ小学生だった　私とは
親子ほど　年が離れていたが
子供の目にも　綺麗な人で
兄や　当時の母の
激しい気性とは違い　優しくて
子供の私を　可愛がってくれたので
憧れの人だった

その兄が
成人して　久しぶりに訪ねて行った
弟の　私に向かい
思いがけず　嘆きを訴えたのだ
それは　長男の（つまり私の甥の）ことで
借金か何かで　父親に重い負担を
負わせたらしい
既に　老いていた兄は
涙を浮かべて　年の離れた弟の私に
心の痛みを　訴えたのだ

それから更に数年後　私は福岡から
十五歳になったばかりの　息子を伴い
私の卒業した中学校の　同期会に

参加した序に　再び札幌の兄を訪ねた
深い雪が　まだ残る三月だった
兄と　我が息子とは初対面だった

別れるとき　すこし溶け始めた
それでも　腰の高さ程に
積んである　雪の道を
途中まで　兄は見送ってくれた
それが　兄との最後になった

それから六年後の　一九九九年二月
兄急逝　享年七九
急性骨髄性白血病　であった
兄の少年時代や　その頃の
両親の　苦労話など

遂に　聴かずに終ってしまった
いまに　なって
その事を　悔いている
心底

履歴書

零歳
厳寒の北国の
荒野の　小さな村で生まれた
臍から酷い出血をして
医師から
この子は助からない　と言われた

十歳
あの大東亜戦争が　終った
玉音放送は　理解できなかったが
若い男の先生と　一緒に

クラス全員で　大声を上げて
泣いた
が　あとは
悲しいでも　落胆でもない
不思議に
さばさばした　気分

二十歳
冬の洛中の　薄暗い下宿で
マントヴァーニ楽団の　演奏を
ラジオで聴きながら
せっせと　交換手紙を書き続けた
高校時代の　同じ部活の
一年下の　女子との

三十歳
急に　年寄り？になった気がした
しかし　それでも
この世代では　いちばん若いのだ
と　自分に言い聞かせた

四十歳
十七、八歳の娘らに
振り回され　苛立って
密かに　心に決めた
もう　この学校は辞めよう

五十歳
福岡から　東京・霞が関へ
夜行特急　新幹線　航空機と

交通手段を
少しずつ　ランク上げして
女子大学設立　の為
一〇〇回以上は　往復した
働き盛り

六十歳
卒業生を送る会　で
定年退職する　と言ったら
一斉に　えーっ？という
黄色い声の　大合唱

七十歳
かなりの　長きにわたり
中国は　遼寧省大連市

それに山東省青島市で　生活した
中国語を　話せるように
なりたいと　思って

八十歳
三十年余の
教会学校教師を　引退
記念に　十字架と教会名と
それから　引退の年の年号入りの
太めの布製ブックマーク　を
僚友に　作ってもらった

八十七歳
何と
第五十四回　F市文学賞

なるものを　もらったのだ
詩を　書き始めて
七十三年目　のことだ

振り返れば
五十代　六十代は
まだ若造　と
嘗ての　八十代の老女に
言われたことが　あった

改めて
その通りだ　と思う
今　このとき

ピクニック

三歳三か月が
私の書斎に　やって来て
机の上の
私の茶を飲みながら　いう
―おいしい　ね
森で　ピクニックしている
みたいだね

償い

イエスさま
亡き父と　私の間を　とりなしてください
まことに私は　親不孝の息子でありました
父の悲しみも落胆も　知らずに
己の感情の赴くままに　反抗して
その儘　上洛しました
大学入学に　出発する朝
玄関で靴を履いているとき　父が言いました
―金があって　大学に行けると　思うな
(そんなことは　分かっている)
と　胸中思いながら

返事もせず　そのまま家を出ました
傍にいた母は　そのとき
何も　言いませんでした
しかし　胸の中では
はらはらして　いたかもしれない
それが　父との最後になりました

父が急死したのは
それから　僅か三か月過ぎのことです
ちょうど　私の最初の中間試験の時で
母は　試験への影響を考慮して
同じ下宿の　同郷の友人に
試験が終わるまで　黙しているよう
手紙で　口止めをしていました
それとは知らず私は　試験終了後の

母からの手紙で　父の死を知ると
その手紙を　放り出し
（友人は　その日までよく我慢してくれたものです）
下宿を飛び出して　洛中の
北大路通りを　東山に向かって歩き
続けました
おうおう　と呻きながら
ボロボロと　涙を流しながら

大学受験に失敗して　浪人中
ポールを　立てて
父の　測量の助手をしたことがありました
その後　小学校の臨時教員になったとき
大学受検のために　途中退職すると言ったら
社会人として　最後まで責任を果たしなさい

と厳しい手紙を　寄越してくれたものです
地域では　社会的地位も
それなりに有って　皆から
愛され　敬意を示されていた父
であったのに
愚かで　思い上がっていた息子は
大学へ出発する前夜　何かのことで
父と衝突して　そのまま和解する
ことなく　別れてしまった

今年は　数えて父の七十回目の命日
父が　仲間らと撮った測量の集合写真と
大学時代の　友人が描いてくれた
父の似顔絵と　その二つを並べて
部屋に飾り　父の大好きだった

焼酎を　買ってきて
瓶ごと　それに供えました
せめてもの　形ばかりの親孝行と
償う　思い——
この期に及んで　の

II

シカルの井戸

イエスは
ユダヤ地方の伝道を　ひとまず終え
弟子らと共に　故郷のガリラヤへ
引き返すことにした　その途中
シカルという　サマリア地方の町を
通り抜けようとしたとき
酷く疲れて　しかも喉が渇いた
ちょうど　その近くに
ユダヤ人の祖であるヤコブの名の
井戸があったので　その傍に身を置いた
夏の太陽が　真上に昇る頃だった

弟子らは　食料を買うために
街へ出かけていた

一人の女が　水を汲みに来た
その女に　イエスは言った
──水を飲ませてくれませんか
すると　女は不思議そうな顔をして言った
──ユダヤ人の貴方が　どうして
サマリア人の女の私に　そのようなことを
　頼むのですか？
というのは　当時ユダヤ人とサマリア人は
交際をしていなかったからだ
しかもサマリア人は　異教の影響を強く受けていた
しかし　イエスは言った
──もし　貴女が《神の賜物》が何であるかを知っており

また「水をください」と言った者が　誰であるかを知って
いたならば　むしろ貴女の方から願い出て　その人から
《生ける水》をもらったことだろうに

すると女は言った
――主よ　貴方は汲むものをお持ちでないし　この井戸は
深いのです。どこからその《生ける水》を手にお入れ
になるのですか？　それに貴方は　私たちの祖ヤコブ
よりも偉いのですか？　ヤコブがこの井戸を私たちに
与え　ヤコブ自身もその子孫も家畜たちも　この井戸
の水を飲んだのです

イエスは答えて言った
――この水を飲むものは　誰であってもまた渇く　しかし
私が与える水を飲むものは決して渇かない　それはそ
の人の内側で泉となり　しかも永遠の命に到る水が湧

き出るからだ
女は言った
――主よ　これからずっと渇くことがないようにまたここに汲みに来なくてもいいように　その水を私
にください
女は　イエスの言った言葉の意味が分からなかったのだ
イエスは言った
――一度戻って　あなたの夫をここに呼んできなさい
――私に　夫はいません
――もっともな話だ
貴女には　嘗て五人の連れ合いがいたが
いま連れ添っているのは　夫ではないのだから
女は　自分の内輪のことを言い当てられたので
驚いて言った
――主よ　貴方は預言者だとお見受け致します

あなた方は
神を礼拝すべき場所はエルサレムにある
と　言っています
イエスは言った
――女よ　私を信じなさい
貴方たちが　この山でもエルサレムでもない
所で　父なる神を礼拝する時が来る
女は言った
――私は　キリストと呼ばれる救い主が
来られることを知っています
イエスは言った
――この私が　それである
女は驚き　水瓶をそこに置いたまま町へ行って
人々に言った
――私のことを　全て

言い当てた人が　居ます
もしかして　この方が
メシア（救世主）かもしれません

町の多くのサマリア人は
女の証言を通して　イエスの許に集まり
イエスを信じた
彼らはまた　イエスに乞うて
更に二日間　その地に滞在してもらった
それから彼らは　女に言った
――我らが信じるのは　既に
貴女が　話してくれたからではない
自分の耳で聞いて
このお方こそ　本当の救い主だと
分かったからだ

ヨハネ福音書4章1節―42節

濁り酒

過ぎてしまった時　を
惜しもう　などとは思わない
残る　僅かな時を
丁寧に使うこと　の方が
余程　大切

沢山　持つ者同士が
暮らしてきた　のではない
むしろ　欠けた者二人が
お互いを　補い合いながら
十分満足して

共に　晩年を迎えた
それは　ちょうど
醪《もろみ》を　濾し取らず
白く　濁ったままに発酵させた
濁り酒　のように

ルードイッヒ

ルードイッヒに　出逢った
九州は博多の　シンフォニーホールで
彼と同じドイツ人の
ハンスイエルク・シェレンベルガー
が　指揮するベルリン交響楽団の一行と
一緒に　いた

その夜　ホールに流れた曲は
彼の書いた　ピアノ協奏曲第５番変ホ長調作品７３
それに
交響曲第５番ハ短調　作品６７「運命」

どちらも　世に知られた
普遍性のある人気作品　ルードイッヒは
ヴァイオリン奏者らが居並ぶ　ステージの
左側の後ろの　隅っこに腰を下ろして
腕組みをしながら　例の
への字に結んだ口の　難しい顔をして
じっと　演奏に聴き入っていた

演奏が終わって
長い拍手が　繰り返されて
漸く聴衆が立ち上がり　入口に向かって
ぞろぞろと　動き始めたとき
彼は　いつの間にか外に出ていて
街頭の灯りや
行き交う　人の群れを

興味深そうに　眺めていた

二十一世紀の　東アジアの端っこの
ＮＩＰＰＯＮ　という名の小さな島国の
その西南に位置する　百五十万都市
梅雨時で　蒸し暑くて
今にも降り出しそうな　夜の

ガリ版文字

達筆の両雄に　口を揃えて
御主の字は　ガリ版文字だと言われた
そうか　私の字はガリ版文字なんだ
ひと昔前まで　その文字を切るとき
石みたいな　鑢《やすり》板を下敷きに
手に力を入れ　鉄筆で
がりがり音をさせて　書いていたものだ
一頃　隆盛を極めたワープロとか
今のパソコン等　まだなかった時代の
小規模印刷手段

考えてみれば
中学生の頃　既に下手くそな
己が字を　意識していて
それ故　丁寧にきれいに書こうと
手に　力を入れて
結果的に　四角張って書く癖が
その儘　筆法になって
それから
私は　力を入れなければ
字が書けなくなって　しまった

以後　不器用な運筆を
九十近くの老人　になっても
続けている　私

詩

蚕は　桑の葉を
思い切り沢山　食べないと
あの　艶やかな糸を
吐き出すことは　できない

詩人もまた　思いの腹を空かせ
神経を　研ぎ澄ませ
沢山　読んで
沢山　経験して
沢山　感じ取らないと
人の心を包む　絹布の如き

詩を織り成すことは　できない

詩を書くのは　やさしいが
本気で書くのは　難しい
すらりと　書けるのは
ほんの僅か　で
大方は　悪戦苦闘
いじれば　いじる程
ぐちゃぐちゃに　なる——
それが　詩

汽笛

遠く　記憶の向こうから
聞こえて　来るもの
それは　蒸気機関車の
車輪の音と　汽笛
鉄道基地　のある
我らが町の駅を　出発して
鉄橋を　渡り
最初のトンネルを潜る　ときに
ボーッ　ワーッ　と
周囲に　響き渡る
腹を揺さぶるような　汽笛

ゴトン　ゴトン　ゴトン
と　車輪が過ぎていくレールの
継ぎ目の　音

汽笛は　　今度は微かに
ずいぶん　遠くから聞こえてくる
国境の峠を　ゆっくりと
超えて　いくのだ
空は　澄み渡り
北国の秋は　深い

或る日
ボワッツ　ボワッツ　ボワッツ
と　凄まじい音の汽笛が
断続的に　街中に鳴り響いた

後で　知ったが
沿線で　国鉄労組の委員長が
飛び込み自殺　したのだ
その少し前　現場を
当人が　歩いているのを
見かけた人が　いた

また　或る日
駅から北に　数キロ離れた
緩やかな　勾配で
単独走行の　蒸気機関車が転覆した
黒い巨体が　模型のように
線路脇に　ひっくり返っていた
事件と　事故の両方が
囁かれた――

戦後間もない
労働争議の盛んだった　頃

更け往く　真冬の夜
夜行列車が　汽笛を鳴らして
駅を　出ていくとき
後を　追うように
吹雪の音が　鳴り轟き
それを　聴きながら
子供らは
深い眠りに　陥った

初夏
Ｓ Ｌが　汽笛を鳴らしながら
緩い　勾配の

平原を　登って来る
ドドドド　ドドドド
ドドドド　ドドドド
新芽を出した　ばかりの
落葉松の　林の脇を
添うように

郭公が　鳴いている

未来

この世の生を　終えて
あのお方の国へ　行ったら
美絵子
また　一緒に暮らそう
今のように　お互い相変わらずの
不完全な人間　であっても
今度は　あのお方の
お傍に行く　のだから
いつでも補って　戴けるし
もう　あれこれと
思い悩むことは　ない

そんな風に
ぼくが　思っていることを
今　伝えておくよ　ね

ぢいぢと　ばあば

—ぢいぢと　ばあばは
パパの　パパ
パパの　ママ

—そうだよ
むさしが丘の　ぢいぢは
パパの　パパ
おなじく　ばあばは
パパの　ママ
おごおりの　ぢいぢは
ママの　パパ

おなじく　ばあばは
ママの　ママ
わかるかな?

―わかってるよ
モチロン
(五さい　なんだから)

火事

一

夜中に　ふと目が覚めた
二階の部屋の　障子が真っ赤だ
急いで　窓を開けると
少し離れた　空き地の向こうの
洋館建ての旅館が　燃えている
火事だ！
私は　直ぐに家を飛び出した
洋館は　炎を巻き上げて
激しく　燃え続けた

少し　離れた暗闇で
女子中学生が一人　泣いていた
それは　その火事の旅館の孫娘
転校して来た　ばかりで
ほとんど　口をきいたことの
なかった子

幼児の頃　その洋館には
田舎町には　珍しい『カフェ』
が　あって
李香蘭の〈支那娘〉の歌が
表通りにまで　聞こえて
そこには　白いエプロンの
女給さん達が　数人
働いていて

幼かった　私など
よく　声を掛けられ
遊んで　もらった

その　洋館の
夜明け前の　闇に燃え盛る
猛烈な　炎
今でも　残っている
強烈な　記憶

二

高校の授業を　さぼり
家の二階の部屋で　寝ていた

春の　昼頃
と　耳元でパチパチと
何やら　弾けるような音がして
不審に思い　窓を開けて
音の方に　眼を遣ると
何と　二階の部屋に続く
屋根の　真中から
火煙が上がっている　ではないか
あっと　思った瞬間
―火事だあ　という叫び声がした
私が　おろおろ狼狽えている
その　僅かな隙に
向かいの　鉄工場の工員さんが
水の入った　バケツを手に
素早く　梯子を駆け上り

一気に　燃え上がった炎を
消し止めた
その直後　サイレンが鳴り渡り
消防車が駆け付けたが
幸い　というか
この火事は　ボヤで済んだのだ

その後　私が警察署に呼ばれ
出火当時の様子を　説明させられた
出火の理由は　後で分かったが
近くの駅の　蒸気機関車の吐き出した
火の粉が　飛んできて
柾《まさ》葺き屋根に落ち　発火したのだ

その後　我が家は

大急ぎで　柾葺き屋根から
トタン屋根に　変えた

骨

ふいに　夜中に目が覚めた
暫く　そのまま闇の中――
手の指が　己の
痩せた　腰の骨に触れる

突然　十日ほど前の
N町の共同墓地が　目に浮かんだ
美絵子のご両親の　遺骨の
永久保存の　ために
納骨棚に　投じられていた遺骨を
その棚の奥底深く　スコップを入れて

新しい骨壺に　入れ直したのだ
小さなシャベルに　依る
のではなく
白の割箸　でもなく

それでも　ご両親の遺骨は
丁寧に　新しい骨壺に納められ
白布に　包まれ
当人の名前　それに
遺族で在り　娘である美絵子の
名前と　日付が記されて
改めて　納骨堂に納められた

夜明け前の　暗闇の中で
私は再び　己の腰骨に手を触れる

痩せて　飛び出していて
手の平で　骨は摑めるほどだが
まだ　私は生きている

ラッシュアワー

米寿と傘寿の　老夫婦が
わざわざ　混んでいる
特急電車に　乗って
立ちん坊で　いるなんてー

時間があるのだし
特に　急ぐ理由もない
のだから　各駅停車で
ゆっくりと　行けば
よかったものを
などと　内心思っていたら

突然　目の前の席が
二つも　空いて
私たち夫婦は　そこに座り
その　瞬間
胸中の　ぶつぶつ独り言は
消え失せた
濃霧の　晴れ行くが如く

望郷

帰郷したい　と
しきりに　思う
住みたい　のではない
独り　己が身を其処に置いて
老いてしまった　己を
改めて　見つめ直したい
住み慣れた場所　では
見えにくくなった　己を

故郷で　暮らしたい
とは　少しも思わない

移植して　そこに根付いて
成長した樹を
元の地に　植え戻しても
もう　昔の土には馴染まない
加えて　今から
帰郷できるか否か　も
分からない
金もないし　時間もない
の　ないないづくし
それに　今は　すっかり
老いてしまった　私

書斎にて

隣の部屋で　妻が
手作りの　小さな布袋に
紐を　通している
あたたかく
窓に　冬日差す
昼下がり

この　平和で穏やかな
老夫婦の　生業《なりわい》も
何時かは　終わる
だと　すれば

いまの　この時を
慈しんで　用いなければ

付き添い

直腸に　がんが見つかった
あと少しで
卒寿になろうと　いうのに――
目下のところ　重大な状態ではない
と　医師はいうが
それでも　三泊四日の日程の
検査入院が　決まった

相棒　には
病院内を　一緒に回るのも
それぞれの部門の　受付手続きも

子供の　保護者みたいに
殆ど全部　してもらった
私は　後ろにくっ付いて
歩いた　だけだ
他人より　年齢《とし》の離れた
夫婦で　あるのに
雰囲気は　完全に逆転している
でも　ま　いいか

お祈り

月曜日
冬嶺《とうれい》は
幼稚園に　行きたくないって
愚図ったんだって？
すると　ばあばが
―神様に
お祈りして　あげるから
がんばって
って　言ったら
パッと　顔を明るくして
急いで　我が家に

戻って行って　それから
いつも通りに
幼稚園に　出かけて行った
とか

覚えて　いたんだ
教会で教わった　お祈りを

卒寿

丸い帽子が　よく似合った
五歳の幼児が　今や不惑の齢
それを思えば　私が
卒寿を　迎えようとしていても
何の　不思議もない
嘆くこと　でもないし
恐れること　でもない

それだのに
暗闇を　恐れたときの
幼児のように

ひたひたと　近づくものに
怯えているのは　何故だ
ひたひたと
近づいて　来るのは
何ものだ

しまったですな

重大な疾患を　宣告されたとき
大学教授で　牧師でもあった先生は
――それは　しまったですな
と　苦笑いをされたが
その後の　毎日は
いつもと　変わらなかった

私の場合　も
笑い事で済ませる　内容
ではないが　少なくとも対応に
急を要することは　ないし

それ故　必要以上に
緊張することも　ない

だが　それでも
――しまったですな
と　いうことにならないよう
気を付け　なくては

親父

息子よ
この秋　この私だけ
北海道に　帰省し損ねたけれど
これからは　費用の工面も
体力も　帰省には
先ず無理だ　と思うから
君の　まだ行ったことがない
私の　もう一方のルーツ
死んだ親父の　故郷を
訪ねて　見よう

博多から　仙台に飛んで
レンタカーで　石巻までは
それ程　遠くはない
本家では　直系の末裔の
八十を過ぎた　嫁の老女が
独り　家を守っている

どんな処か　というと
仙台湾に注ぐ　北上川の
河口から少し遡った　小さな集落
その対岸には　東日本大震災の大津波で
大勢の児童が　犠牲者になった
石巻市立大川小学校　がある

俺の親父は

小ながらも　地主の次男坊だったが
分けてもらえるほどの土地　が無く
独り　北海道に渡り
札幌で　警察官になったが
その給料が　子守より安かった
とかで　辞めてしまい
鰊場（ここで若き日のお袋と
知り合ったらしい）の　やん衆　請負師
終いには山に入って　炭焼きになり
其の後　石狩　空知　釧路　十勝を転々とし
最後には独学で　司法書士の資格を得て
狩勝峠の麓のS町　即ち我が故郷に
やっと　腰を落ち着けたらしい

俺の　知っている親父は

町役場前の　自前の事務所で
姿勢を　正して
たった一人で　机に向かい
カーボン紙を挟んだ　書類を
鉄筆で　黙々と書いていた

しかし　大抵は
午前中で　仕事は切り上げて
午後からは　親しい仲間を集めて
酒盛りをするのが　常だった
直ぐ近くに　魚屋があり
酒の肴には　困らなかったし
魚を煮る　鍋が無いときなど
金盥（洗面器）を　代りに使い
結構　野蛮だった

親父は　家に帰ってからも
焼酎を飲み直す　豪傑で
それが　災いして
俺が大学に入った　その年の夏
心臓発作で　急死した
若い時は　鉄棒の大車輪もできた
スポーツマン　だった
と　いうのに

思い出した事が　ある
親父の　事務所の壁に
親父の達筆な文字で　黒々と
——木静かならんと欲すれども
　　風止まず

子養はんと欲すれども
　親待たず
の書が　掲げてあった
「往生要集」の一文　というが
いまにして　思えば
親父と　俺の在りようは
正に　この詩文の通りだったと
そして　心の底に
親父に対する
悔いの如き　ものを
感じている
強く

＊「往生要集」源信著
寛和元（985）年

放浪の画家

帰省先から　大学に戻るとき
下り東海道線の　川崎駅で
放浪の画家　山下清が
偶然にも　私のいる車両に乗り込んで
来たのだ
乗客たちは　彼に気が付き
直ぐに　彼を取り囲んだ
暫くすると　彼は
せがまれる儘に
分厚いスケッチブックを　取り出し
そこで　絵を描き始めた

そしてそれを　一枚百円で
売り始めたのだ

私も　早速描いてもらうことにした
すると　ふいに彼は
描く手を　止め
手持ちの絵の中から　一枚を取り出し
私に向かい　これを買わないか
と　いったのだ
価格は　一千円
どんな　絵だったか
（そうだ　確か「花火」の絵）
しかし　私は首を振った

昭和三十二年

母による　月の仕送り僅か八千円の
貧乏学生に　千円は大金
私は　Ａ４サイズ一枚百円の
その場で描いた　色紙のチューリップで
我慢したのだ
若し私に　そのとき今少し
投資の感覚が　あれば
ためらわず　千円を費やしたものを
それが　できなかった
今　あの時の彼の絵を所有していたら
家宝　とはいかなくても
自慢の　所有物になっていたに
違いないのに

ひと騒ぎが過ぎて

車内は　元の静けさに返った
それからの　山下は
空席の目立つ　車内で
独りぽつんと　座ったままだった
京都で　彼と別れた
終点の大阪まで　行ったらしい

穂高連峰

思い　返せば
二人だけで　登ったね

あのときは　上高地から
梓川を　遡って
前穂高の裾を　ぐるりと廻り
カール状の山裾の　小屋に一泊して
翌朝　先ず北穂高の急斜面に
取り付いた
その峰を　登りきると
次は　連峰最高峰の

奥穂高岳（三一九〇メートル）を目指して
縦走路の尾根を　アップダウン
しながら　ひたすら歩き続けた
途中　何処の辺りだったかは
忘れて　しまったが
殆ど　垂直になった壁があり
左側遥か裾野に　前夜泊まった
小屋の在る辺りが　見えて
恐ろしかった
そして　最後の最後に
前穂高岳に　辿り着き
そこから　ゆるりと下山して
元の　上高地に戻った

思えば　北アルプスは

燕岳　大天井岳　槍ヶ岳のコース
水晶岳　鷲羽岳　三俣蓮華岳
双六岳　笠ケ岳のコース
それに　白馬等々
よく　歩いた
僕は　四十代前半
君は　三十代半ばだった
それ以前も　八ケ岳　金峰山　谷川岳
それに　安達太良山も
途中までだったが　登ったし
僕に限って　言えば
それより　さらに以前
奥多摩連山や　奥秩父の
雲取山など
我が庭のように　歩いた

こうして　実に良く
山には　出かけたけれど
高峰《たかね》が　生まれてからは
二人とも
山から遠ざかって　しまった
その高峰も　山好きにはならず
いまは　己が小さな息子と
二人だけで　休日には
必ずと言って　いいくらい
海釣りに　出かける

夏落葉

米寿の　秋
ふいに　体調を崩して
滅多にない　帰郷の機会を
失った　のだ
以後　私の体力は
望み通りには
回復　しなかった

思い　起こせば
数年前の秋　美絵子と二人で
北海道は　東海岸の

十勝川河口を　訪れたのが
帰郷の旅の　最後

あのとき　美絵子は
津波が　来れば
逃げられないから　と
砂丘から　波打ち際には
降りて　こなかった
その岸辺には
河口から　あふれ出た
流木の破片が　堆く
積み上げられて　いた
皮衣を着た　老人が一人
波打ち際を　歩いていただけで
他に　人影はなかった

寂しい　荒涼とした
北太平洋の　岸辺

八十九歳の　今年の春
直腸がんが見つかり　手術した
大事には　到らなかったが
老軀は　疾患には弱い
用心深く　していないと
いけない

そんなこんなで
故郷は　一段と遠い
でも　思い出すことはできる
胸の内で
それこそ　変幻自在に

記念写真

いちばん右に　両方の人差指で
自分の鼻を　抑えた
四歳の　理嶺《さとね》
その隣に　丸首シャツのパパ
更に　その隣に
まだまだ髪の黒い　丸顔のばあば
窓際の一番奥には　白髪のぢいぢ
左側の　Vサインしているのが
ママで　同じくVサインの
男児が　冬嶺《とうれい》

きょうは　冬嶺の　小学校入学祝い
市内の料亭　「鯉ひろまつ」で
みんなが食べたのは　鰻だったが
ぢいぢは　直腸の手術直後だった故に
鯉の洗魚《あらい》で　我慢
あと　十年過ぎたら
冬嶺は　十六歳の高校一年生
ぢいぢは　白寿
それ迄　ぢいぢは頑張る

臨終

義父《ちち》は
夜明けの病院の　ベッドで
口を大きく　開けた儘で
息絶えていた
看護師らは　全く予想の付かない
死に方と　弁明していたが
何かの理由で
呼吸が　できなくなり
窒息死した　に違いない

そんな　出来事があったから

私も　思うのだ
同様に　私も
眠っている間に　窒息して
其の儘　死ぬのではないかと
周囲に　見守られて
静かなうちに
息を引き取るのではない　と
そんな　気がする

帰宅

晩年の　義父《ちち》が
外出しても　早々に
帰りたがった　理由が
この齢に　なって
やっと　判った
家が　一番落ち着けて
しかも安心だから　なんだ
それに　好きな時に
好きなものを　食べて
好きな時に　読書ができて
昼寝が　できて

いえば　残り少ない持ち時間を
有効　且つ自由に
使いたかったから　なんだな

ようやく　分かった
晩年の　私の
今

父と子（一）

四十六歳の　父親と
六歳の　長男が
朝早くから　海釣りに出かけた
近頃では　度々のことだ
その　小さな息子も
やがては　父親に似て
本格的な釣り人に　なるだろう
それだけじゃない
父子で　いい関係が作れる
否　既にできている

素敵である

父と子（二）

今日　息子に
久しぶりに　髪を切ってもらった
私の一人息子は　優しい
そして　二児の父親である
人柄など較べても　往年の私とは
かなりの差で　違う

贈り物

息子の嫁女　より
「父の日」の贈り物　に
某　有名メーカーの
Tシャツを　貰ったのだ
少し　照れ臭かったが
有難く　頂戴した

私に　娘はいない
の　だけれど
何だか　実の娘から
貰ったような　気分

嬉しい

暫くの間は
其の儘　ぶら下げて
眺めていることに　しよう
汗で　直ぐに
汚して　仕舞うのは
勿体ない

病む妹へ

八十三歳の　妹が病んでいる
病名は　胃がん
所は　東京・国立市
連れ合いの話　では
読書　ラジオに　親しんではいるが
抗がん剤の副作用で　食細く
体重は　三十四キロ前後
体力がないので　車椅子の
乗り降りが　やっと
空いた時間は　殆ど寝ている
と　いう

連れ合いが　送ってきた
メールの　妹の写真は
信じられない程の　老婆
私が知る　妹とは
まるで　別人
十数年前　東京・三鷹の
玉川上水の　太宰治入水跡を
案内してくれた時の　妹は
まだ　若くて
昔の面影を　残して
生き生き　していた

その彼女が
すっかり　老いてしまい

しかも　病気になって
別人のような　容貌になった
でも　これは仕方がない
誰もが　齢を取り
しかも　病気になれば
そう　なるのだから
私とて　例外ではないので
あるから

妹よ
これからでも　遅くはない
一日も早く　元気になれ
そして　また
円熟した　得意の油絵を
一幅　描いてほしい
今度は　この兄のために

金魚

二日市八幡宮の　夜店に出かけた
樹齢八百年余　という
大銀杏の聳り立つ　境内は
小雨のせいか　出店は
僅か　一軒
人の数も　まばら
それでも　金魚掬いが出店して
小学一年生の　冬嶺《とうれい》は
独り　しゃがんで
一回三百円　の料金を払い
一匹も掬えず　一匹貰い

二回目も　掬えず
また　一匹貰い
三回目も　同じで
結局　九百円使って
三匹の小さな金魚を　入手した
それでも　彼はご機嫌
その金魚は　予想通りに
ぢいぢの　金魚用水槽に収まり
日頃の　通りに
ぢいぢが　世話をしている

螽斯

北国の　八月は
もう　秋の始まり
だだっ広い　麦畑で
チョン　ギース
チョン　ギースと
螽斯《きりぎりす》が
鳴き始める
その麦畑を　横切れば
低い　雑木山
其の　端っこから
町営墓地が　始まる

父が亡くなった　とき
母が　木製だった家の墓標を
御影石の　それに変えた
背丈の低い
小さな　墓
背中に　建立者の
母の名前が　彫られている
その母も
いまは　その中に
共に　眠る

ザック

新しい　ザックだ
それも　純革製
しかも　夫婦共に
同じ大きさ　同じタイプ
私は　黒
妻は　キャメル

お互い　年を重ねたが
二人とも　気持が
若い　というか
成長していない　というか

まだまだ
枯れていないと　いうか
が　いずれにせよ
これからは
これを背中に　外出する
遠出も　する
日曜日は
これで　教会へ行く
ちょっと　ウキウキした
気分を　内蔵して

「詩人の旅」　詩集『シカルの井戸』によせて

九州民族仮面美術館館長　高見乾司

北海道で生まれ、少年期を過ごした著者は、長じて南国九州に縁があり、人生の大半を当地で過ごし、めでたく米寿を迎えた。この分厚い詩集を読み進むうち、北の国の大河の遠い波音のような響きや、南国九州の山奥の村で終夜演じ続けられる神楽の笛の音に似たひそやかな音律を聴き取ることができる。それは、教育者として長年若者たちと交わり、敬虔なキリスト者として穏やかな日々を暮らした著者の、真摯かつ清澄な心の声である。

伊藤冬留さんが、奥様の美絵子さんに少し遅れて私たちの神楽探訪の旅に加わったのは、20年ほど前のことになる。当初は、私の神楽取材に同行してくれていた美絵子さんの長旅における伴走者として、冬留さんは付き添って来ていたのである。九州脊梁山地の深奥の村は、遠くて、寒く、神楽は夜を徹して演じ続けられるので、演舞そのものを長時間にわたり見続ける気力・感応力とともに、焚き火の煙のけむたさや眠気に耐える体力・精神力などを必要とする。その苦行のような時間帯を共有することで、古代と現代が交差し、万物に宿る自然界の精霊神と、国家創生の英雄たちの活躍を語る古代神話とが交響し、舞人・村人・旅人などが一体となって神がかりする神秘の神楽世界へと誘われるのである。

民俗学愛好家の美絵子さんは、いつでもどこに行っても熱心に取材を続けたが、詩・短歌・俳句という日本の短文学を表現領域とする冬留さんは、しばらくはやや距離を置いて神楽に接していたように思う。しかしながら、次第に神楽という時空間になじみ、その真髄を感知して、作品に神楽の一場面が描かれるようになってきた。お二人とも、熱心なキリスト教信者だったので、私は

「神楽は日本の神道をベースとした神事儀礼であり、芸能でもあるのですが、大丈夫ですか？」

と質問したことがある。その時、即座にお二人とも

「いえ、わたしたちは宗教観とは別次元の、日本の基層文化に触れる旅をしているの

です」

と答えてくださった。これにより、私の少しだけあった躊躇いは消え、三人は、よき同行者・研究者としての仲間になったのである。

アジアの奥地や中国少数民族の村を訪ねる旅も共にした。私の少年時代からの友人が設立した旅行社の仕事を兼ねた旅だったが、行く先々で少々の冒険もあり、忘れがたい出会いがあった。美絵子さんは、現地に着くとすぐに活発で知的な探検者となり、岡の向こうの村を見つけたり、村の小さな祭りに紛れ込んだり、珍しい文物を掘り出したりしていた。私は案内者でありコーディネーターを兼ねていたので、現地案内人とともにこのチーム全体を見渡し、観察し、記録する作業を怠らなかったが、冬留さんはアジアの大陸を行く昔風の旅人のように歩き、立ち止まっては手帖に何かを書き付け、出会った村人と会話をしていた。タイの奥地、ゴールデントライアングル（黄金の三角地帯）の村では、かつて芥子を栽培し阿片を産出していた地域（今では珈琲やお茶の産地）を巡って舟でメコン川を遡り、象に乗って空飛ぶトカゲのいる密林を通り過ぎ、焼畑の煙を見ながら、少数民族の村を訪ねて宿泊した。村の少女の案内で、日本の弥生時代の集落を思わせる小さな村のはずれの小川で水浴をした。過去のすべての事象を洗い流し、新しい心身に生まれ清まる禊《みそぎ》を体験したような、熱帯の村の夕暮れ時であった。水牛が遊び、真っ赤な花が咲き乱れる湿地を流れる沢であった。山を下り、バザールで食事をし、古い町の骨董屋で、九州の民俗仮面とルーツを同じくすると思われる古仮面を買った。店主はその仮面を使って踊る祭りが続けられている村があると言い、そこへ案内することはできるが無事に帰れるかどうかは保証できないと言った。政府軍と70年にわたり闘争を続けている民族だということだった。アジアの奥地と九州の山の村とがさほど遠くない距離に思え、またべつの場面では、歴史の奥行きを秘めた悠遠のかなたに感じられる旅であった。

神楽探訪、アジアの村を訪ねる旅と並行して、九州脊梁山地の渓谷へとお二人を案内した時期もある。深山の魚・ヤマメを追う釣行である。九州の山は奥が深く、いたるところに良渓があった。そして、そのころは、渓流の女王と呼ばれ幻の魚ともいわれるヤマメがよく釣れたのである。藪をこぎ、岩場を越えて竿を出すとき、釣り師の胸は期待にふるえる。そして、思惑どおりにヤマメが喰いつき、釣りあげた時の感触は、少年・少女期の感動と同じ次元のものとなる。若いころに山歩きをしたお二人は、すぐに渓流の釣りになじみ、山谷の点景となった。

縄文時代の遺跡からは、現在の釣り針と同じ形状をした針が発掘されることがある。つまり、釣りとは、一万年の単位で進化も発展もしていない漁法であり、単純素朴な遊戯という事になる。太古の狩人に変異する原初の衝動と、一尾の獲物を得る感動が、釣り人を谷奥へと導くのである。

釣れたヤマメを、調理していただく。沢沿いで焚き火をして食べる塩焼きがなんといっても最高だが、昆布ダシをとりヤマメを放り込んで塩味を付けただけのスープ、味噌風味に仕立ててうどんを煮込んだ山郷料理、甘辛い甘露煮と焼きおにぎりの取り合わせ、朴の葉で包んで焼く薫り高い一品など、釣果やその時々の仲間・来客の人数などに合わせて料理し、食卓に載せれば、極上の一夜が始まる。

冬留さんは、80歳になった年に、ヤマメ釣りを終えた。美絵子さんもそれに従い、竿を置いた。体力や山中での過ごし方に限界を感じたというのである。人生の終盤を彩る良い釣り旅だった、とも言った。その最後の釣行の日、色づき始めた大きな楓の枝がさしかかる浅瀬で釣っていた冬留さんの竿に大物がかかったが、手元にきてバラした。逃した獲物はまさしく大きかったと笑っておられたが、詩人らしい、静かで潔い竿仕舞であった。

この書物には、一人の詩人の歩いた道が記され、家族や友人との交流・追憶などを語りながら、同時に、乱れた世相や政治の貧困が目立つ21世紀初頭という時代を痛罵し、地球規模で起きる絶え間ない紛争や戦争の愚を説き、きたるべき「人類＝ヒトという生物」の文化や生存そのものの終末さえ予感させる言葉も並んでいる。

「シカルの井戸」とは、新約聖書のヨハネによる福音書に登場する「ヤコブの泉」の場面。キリストと出会ったサマリヤ人の女は、ここでの会話によりイエスキリストが来るべき「予言者＝救い主」であると信じたのである。

平和と安息の生活を希求する詩人の人生の旅路における心象が刻印され、シカルの井戸の傍らで聞く水音のような、予知・予言の「ことば」が響いているこの一書を持ち、森に行き、ページをひらく日のことを、いま、私は思っている。

これからも詩を

第七詩集『シカルの井戸』は２０２１年後半から２０２４年前半までの作品を纏めた。あとどのくらい詩を書き続けることができるか勿論分からないが、それでも息が続く限りはこれからもぽつりぽつりと書き続けようと思っている。

最後に懇切丁寧な詩評を執筆してくださった高見乾司氏（九州民俗仮面美術館館長）、並びに発刊の労を取っていただいた書肆侃侃房の田島安江さんはじめ、黒木留実さん、藤田瞳さんほか皆様に改めて厚くお礼申し上げる。

二〇二四年十月三十一日

伊藤冬留

■著者略歴

伊藤冬留（いとう・ふゆる）

一九三五年　北海道生
同志社大学文学部文化学科卒業
著作『巡礼歌』（梓書院、一九九〇）『辻音楽師』（中川書店、一九九九）『冬の旅人』（鉱脈社、二〇〇七）『冬の楽章』（鉱脈社、二〇一二）『冬の挽歌』（鉱脈社、二〇一六）
『羊の門』（書肆侃侃房、二〇二一）にて第五十二回福岡市文学賞受賞
現住所　〒八一八-〇〇四三　福岡県筑紫野市むさしケ丘二丁目二十六番二十二

第七詩集　シカルの井戸

二〇二五年二月三日発行

著　者／伊藤冬留
発行者／田島安江（水の家ブックス）
発行所／株式会社 書肆侃侃房（しょしかんかんぼう）
〒八一〇‐〇〇四一
福岡市中央区大名二‐八‐十八‐五〇一
TEL 〇九二‐七三五‐二八〇二　FAX 〇九二‐七三五‐二七九二
http://www.kankanbou.com　info@kankanbou.com

装　丁／acer
DTP／BEING
印刷・製本／亜細亜印刷株式会社

ISBN978-4-86385-665-3 C0092